La Macchina del Tempo di Adolf Hitler:

Un'Avventura nel Tempo che Cambierà il Corso della Storia - Romanzo Storico

Henry Goldman

Sommario

"Il mondo non è messo in pericolo da
persone malvagie, ma da coloro che
permettono che il male accada"
-Albert Einstein

Prefazione

Cosa penseresti se ti dicessi che la Germania nazista è riuscita a creare un artefatto che permetteva loro di manipolare lo spazio-tempo? Mi considereresti pazzo, giusto? Ma se fosse stato una persona che ha vissuto in quel periodo e ha lavorato su di esso, e inoltre mostrasse tutte le prove tangibili al mondo, ci crederesti?

La storia che stai per leggere è una delle storie vere più affascinanti che abbia mai sentito e che ho scoperto casualmente dalle voci di due sopravvissuti di ciò che è successo e detentori della verità di loro padre. I documenti originali della Germania del 1940 gli conferiscono una forza unica e affidabile.

Era ottobre del 2016 e durante un viaggio di routine in Germania per motivi di lavoro, nel quartiere in cui vivevo ho incontrato due donne, una delle quali molto speciale, al di là della sua straordinaria bellezza o del fatto che l'età non sembrava toccarla, aveva qualcosa che la rendeva unica: la sua origine. Presto capirai perché.

Nel corso dei giorni, ho fatto amicizia con entrambe, ma ciò che mi hanno detto un pomeriggio è stato folle. Dalle loro labbra sono uscite queste parole: "per decenni abbiamo atteso di trovare una persona affidabile e finalmente ti abbiamo trovato". Fino a quel momento non ho capito niente, poi hanno proseguito. "Per la fiducia che ci hai mostrato tutto questo tempo e per il tuo trattamento disinteressato senza aspettare nulla in cambio, ti mostreremo le prove di una storia che solo pochi hanno visto in tutto il mondo e neppure la nostra famiglia sa". Nonostante il mio affetto per loro, per un attimo mi sono sentito strano e ho pensato a molte cose... ma quando hanno cominciato a raccontare e a mostrarmi i documenti uno per uno, tutto ha quadrato ed ero in stato di shock.

Tutto si trattava di un pericoloso progetto che la Germania del Terzo Reich aveva sviluppato in segreto alla fine del 1940 e che fino ad ora nessuno con vita aveva raccontato con prove. Nel corso di successivi colloqui e venendo a sapere che ero un giornalista, mi hanno supplicato di realizzare l'ultima volontà di loro padre in vita: che qualcuno scrivesse la sua storia e rivelasse al mondo la verità sull'esperimento più importante della storia. Ho accettato senza pensarci due volte, perché avevo già verificato più di mille pagine originali di tutto il progetto ed era impressionante. Ho fatto del mio meglio per mettere per iscritto tutto ciò che mi hanno raccontato e allo stesso modo quello che era scritto nelle memorie di loro padre, il protagonista di questa storia: il fisico tedesco A.R GIRLAND.

Mi è stato giurato di non rivelare le loro identità per proteggere l'integrità della loro famiglia. Mi hanno anche assicurato che potrebbero mostrare al mondo tutta la prova tangibile della storia che leggerai in seguito.

Voglio sottolineare che la storia che racconto è vera e che non rivelerò in alcun modo l'identità e la posizione delle due donne; anche se ciò mi costa la vita. So che non hanno voluto mostrarmi il secondo pilastro di documenti che si trovava nella seconda scatola dove si potrebbe trovare la posizione esatta di quell'artefatto, ed è per questo che tutto ciò è così pericoloso. Prima di salutarle alla fine del 2016, con le lacrime agli occhi mi hanno detto che probabilmente sarebbe stata l'ultima volta che ci saremmo incontrati di persona per motivi di sicurezza, ma che mi avrebbero fatto sapere tramite posta quando sarebbero state pronte per raccontare al mondo la verità.

1

A. R. GIRLAND era un fisico matematico ai vertici dello staff scientifico del Terzo Reich e uno dei leader del progetto chiamato **Tailus,** che l'SS-Führung Hauptamt (quartier generale delle SS) realizzò segretamente alla fine del 1940 nelle installazioni sotterranee vicino a Der Riese (Montagne dei Gufi). Ci racconta in prima persona ciò che ha vissuto quando, per etica morale, ha rubato l'invenzione di cui era la parte più importante della storia.

Ho ottenuto molte delle mie informazioni da tre fonti, due delle quali molto vicine a lui durante la sua vita, che mi hanno mostrato documenti completi, apparentemente originali e sigillati su questo evento sconosciuto. La terza fonte l'ho ottenuta da un parente stretto di un membro anziano delle SS. Ne faceva parte Hans Schütz, che ha confermato l'intera storia.

Il 19 novembre 1940, con la Germania in piena guerra, le SS, su ordine dell'alto comando di Hitler, si imbarcarono nel progetto più ambizioso mai intrapreso: creare un sistema antigravità per annullare la gravità nelle loro navi e vincere la guerra.

Tra lunghe prove e fallimenti prima di raggiungere il successo, il gruppo di scienziati guidati dal capo del progetto, il fisico Walther Gerlach e da colleghi come Girland, Werner Heisenberg, Elizabeth Adler, Emil Masuw, l'ingegnere delle SS Hans Kammler, Kurt Debung, Romind Ritcher, Otto Cerny e altri, creò per la prima volta un nuovo sistema. Girland, Werner Heisenberg, Elizabeth Adler, Emil Masuw e l'ingegnere delle SS

Hans Kammler, Kurt Debung, Romind Ritcher, Otto Cerny e altri, crearono il primo prototipo antigravitazionale chiamato Die Glocke (la campana) che dopo settimane di test fu scartato per far posto alla fase beta FLIEGENDE UNTERTASSE (il cerchio volante) o **Refhum.**

Questa macchina, larga 1,5 metri e alta 2, era la base di tutto. Il motore era fatto di un metallo chiamato curlu2 o metallo a corrente leggera, e come combustibile utilizzava una miscela di idrogeno vergine ionizzato, Xerum 856 e il vecchio Xerum 525 con una polvere reattiva chiamata Diluxy ed enormi magneti elettromagnetici di energia negativa rotante e una forte corrente di flusso con Torio e Iberio tra gli altri.

Dopo settimane di lavoro estenuante, il gruppo di ricercatori era riuscito a creare il primo motore a propulsione antigravitazionale mai realizzato, riuscendo a farlo volare per 2,4 minuti nella catena montuosa vicino al confine ceco. L'unico grande difetto: le taniche di carburante non erano in grado di isolare le radiazioni, per cui sette piloti morirono nelle ore successive. Dopo questi incidenti mortali, furono apportate modifiche all'ultima fase del Tailus III.

Di tutte le Wunderwaffe (armi miracolose del Terzo Reich) il risultato finale di questa macchina sarebbe stato strabiliante). Dopo cinque mesi di test esaustivi, il 21 maggio 1941 sulle Montagne del Gufo, vicino alla miniera di Venceslao, nel sud-ovest, vicino ai confini cechi, fu effettuato il test finale dell'ultimo marchingegno, il Mitrus velocity Zeit (il disco volante), e il risultato fu al di là di ogni immaginazione. L'oggetto si è librato a una velocità incredibile, ma dopo pochi minuti in aria è andato fuori controllo ed è crollato, provocando una forte esplosione.

Avvicinandoci alla zona dei complessi Sokotek e con il capo delle SS Heinrich Himmler tra di noi, abbiamo assistito insieme a qualcosa che ci ha stupito: un vortice spaziale di un metro di larghezza e due di altezza proprio sopra il relitto della nave. Ma cosa l'aveva provocato? Dopo aver fatto delle deduzioni, l'esperto team di fisici è giunto alla conclusione che i magneti e parte del sistema antigravitazionale e il potentissimo combustibile al plasma (Xerum 525, Xerum 528 e Xerum 09) sono entrati in una sorta di implosione creando una specie di wormhole... Ma non è durato a lungo, pochi secondi dopo è evaporato sotto i nostri occhi, lasciando solo un rumore elettrico e soldati morti in giro.

Più che un fallimento, è stato un grande risultato: il futuro della macchina del tempo.

Dopo la mega scoperta accidentale, le SS, su ordine del Terzo Reich, cancellarono il progetto Tailus III e si concentrarono su quell'evento: creare un altro vortice spaziale o, come lo chiamava Albert Einstein, un ponte che, in altre parole, sarebbe stato un wormhole o una scorciatoia per viaggiare tra spazio e tempo.

L'idea era quella di intraprendere un viaggio nel futuro e di poter conoscere gli eventi del corso della guerra e poi analizzare gli errori del passato per applicare la strategia perfetta ed eliminare il nemico.

Come non ricordare quei giorni in cui ho lavorato sotto pressione in quei gelidi cinque complessi sotterranei a Riese, un tempo annessa alla Germania e ora provincia della Polonia, la Bassa Slesia.

Giorni dopo l'esplosione, un uomo delle SS arrivò nell'area di lavoro, e non era Himmler, ma aveva un ordine: dovevamo lasciare il complesso di Riese e trasferirci in una base sotterranea segreta a 22 km di distanza. Ricordo che eravamo in 55: fisici nucleari, teorici, ingegneri, matematici, tecnici, le menti più brillanti della Germania. L'ordine era chiaro: replicare l'evento così come era avvenuto.

Quando l'astronave è implosa nella foresta, sapevamo che questo vortice era una sorta di membrana spazio-temporale spiegata da Albert Einstein nella sua teoria della relatività e condivisa dalla maggior parte dei nostri fisici.

Quando arrivammo al nuovo complesso, non ci sarebbe stato permesso di uscire vivi finché non fosse stato finito, così recitava un bollettino firmato con la calligrafia di un Hitler disperato che si stava facendo sempre più nemici su molti fronti.

La base si chiamava (Plaizt), ovvero soggiorno, ed era una base militare top-secret.

2

Il 16 agosto 1941 arrivammo al nuovo complesso sotterraneo. Rimasi impressionato dall'enormità dei suoi muri di cemento larghi un metro e dalla vastità delle strutture in cui si trovava ogni tipo di materiale per il progetto. Era diviso in specialità e aree.

E c'era un'alta sorveglianza, uomini con i loro inconfondibili fucili MP40 e vestiti di nero, non la classica uniforme delle SS o della Gestapo. Non sono mai riuscito a stabilire a quale agenzia segreta appartenessero, dato che non impartivano ordini a voce ma solo con segni, ma di certo incutevano timore e rispetto.

E così iniziò la grande missione di quel reticolo. Alla fine di ottobre del 1941 e dopo migliaia di prove, l'esperimento era stato portato a termine con successo: mantenere un minuscolo vortice spaziale abbastanza a lungo da alterare le pareti del tempo, o come lo chiamavano i miei colleghi specializzati in fisica quantistica: "il vicino che spia il suo muro mentre tutto si muove", e mi spiegarono che al di fuori di questo percorso spazio-temporale che si muove a velocità costante, al di fuori delle pareti dei fili del tempo, le copie di tutti gli eventi erano in attesa e rimanevano statiche, così che era possibile andare indietro e andare avanti. Ed era lì che si andava a parare.

Il 3 novembre 1941 stavamo tutti festeggiando, un cancello temporale e il suo vortice erano stati finalmente creati senza margine di errore.

Il primo congegno che ha permesso tutto questo consisteva in diversi elementi: un arco simile a una porta, alto due metri e largo quattro, con una punta di diamante in cima. Era fissato al pavimento con due pesanti elettromagneti a carica negativa.

L'arco era costituito da un materiale metallico che chiamammo Varmpul-licht 02, che aveva il compito di mantenere attiva l'energia in tutto l'arco grazie ai sensori elettromagnetici che lo circondavano. Poi veniva la cosa più importante, il secondo oggetto: il raggio laser di energia negativa o sostanza X, che serviva a lacerare lo spaziotempo solo nell'arco e a dargli stabilità, senza causare esplosioni o assorbimento di materia dall'esterno e renderlo pericoloso.

La miscela di combustibile al plasma che aveva causato la prima implosione e creato il piccolo vortice nella foresta è stata scartata a causa del suo rischio radioattivo. Ma, grazie a quell'evento, è stato possibile trovare la sostanza X, responsabile di mantenere i lembi del wormhole dall'ingresso all'uscita senza chiudersi. La trave, come la chiamavamo noi, era alta 1,20 metri e consisteva in centinaia di minuscoli sensori, era malleabile in punta e l'energia che la faceva funzionare era stata messa in una tavoletta cilindrica allungata simile a una batteria che veniva inserita nella parte posteriore dell'oggetto... includeva anche un comando di comando sul lato.

Ed era giunto il momento di sperimentare l'efficienza della macchina. Era così chiaro nella mia mente. Era venerdì 26 settembre, in quel robusto bunker, e con nostra grande sorpresa arrivò il primo gruppo di esseri umani a passare nel passato. Erano otto ragazzi ebrei di non più di vent'anni, costretti a farlo **pena la** morte in caso di rifiuto. Ricordo le parole del nostro capo Walther Gerlach: "Accendete la manetta 1 e 2 a metà potenza laterale e tutti ai vostri posti di blocco". Il giovane Volker Luthum (ingegnere meccanico ed elettrico) era incaricato di questa azione. Evoca nella mia mente il suono elettrizzante di quello spettacolo. Il fascio caricato con energia esotica emanava un fascio di luce quasi invisibile in punta come il plasma e veniva proiettato in quell'arco, fermandosi e lacerando lo spaziotempo sotto forma di cancello verticale in una manciata di secondi. Una volta acceso, le parole dell'agente Miller, rappresentante delle SS, furono: "Bastardi", riferendosi agli ebrei. - Se non tornate entro un'ora, scomparirete da quel lato". Evidentemente si trattava di una tattica psicologica per instillare in loro la paura, in modo che tornassero in quell'ora (era la prima materia che sarebbe passata attraverso la corrente che passava vicino alle pareti del tempo).) Il tabellone analogico era contrassegnato dal 14 febbraio 1919, e si chiedeva loro di tornare per accertare palesemente che il progetto era stato un successo dall'altra parte, "cioè" che il manufatto portava effettivamente nel passato o nel futuro.

Davanti ai nostri occhi ha iniziato il primo giovane a fare il primo passo nel vortice verticale..., una parte del suo corpo è diventata trasparente e poi è scomparsa dall'altra parte, e così uno dopo l'altro è passato attraverso lo stesso schema. L'équipe era consapevole della propria specialità, mentre l'apparecchio funzionava, in modo che nulla andasse storto. Il cronometro cominciò a scorrere... spuntò una, due, quattro, cinque ore, e nessuno tornò. Impaziente e furioso, l'agente delle SS incaricato in quel momento di Heinrich Himmler imprecò in aria e poi uscì da una porta del complesso, battendo le mani sui muri. Eravamo tutti nervosi per capire se tutto funzionasse davvero da quel lato o se la materia di passaggio fosse semplicemente distrutta. Fino a quel momento non lo sapevamo.

In un attimo, nell'area di prova in cui ci trovavamo, la porta ha sbattuto, ed era Miller con un gruppo di uomini che tenevano in pugno un militare tedesco, forse una guardia di basso rango dello stesso bunker a causa della sua uniforme, e lo hanno minacciato di entrare nel vortice energetico e di indagare sul luogo e sulla data in cui si sarebbe trovato e di tornare entro un'ora. Il soldato accettò timorosamente. Gli fu dato un cronometro e un'arma e tutti aspettarono di nuovo. Passò esattamente un'ora e qualcosa passò da quel lato del vortice rossastro come uno specchio d'ingrandimento ed era lo stesso soldato sano e salvo.

Tutti gli scienziati della squadra erano entusiasti, ma quando chiedemmo a questo irato agente delle SS dove fosse stato e come fosse il posto, fummo presi dalla paura. Il soldato rispose: "Era pieno di foreste, così ho camminato per circa venticinque minuti con il mio fucile in mano, e alla fine di una collina ho visto che tra gli alberi nascosti c'erano molte vecchie case e uomini con asce, vestiti in abiti franchi, non secondo i nostri tempi". Il volto di quell'uomo (SS) si voltò verso uno di noi e disse in tono minaccioso, appoggiando la mano sulla sua pistola PARABELLUM P08 che teneva nella cintura: "Non era il 1919 la data in cui il soldato doveva essere andato? Il nostro capo Werner ci spiegò che forse era dovuto a uno sfasamento nella corrente temporale delle alette e che se ci avesse dato un'altra settimana per aggiustarla sarebbe stato sufficiente (le alette erano la parte laterale di energia esotica che apriva l'intero wormhole e ne impediva la chiusura).

L'agente gli disse che, se tale azione non fosse stata portata a termine, sarebbe rotolata la sua testa, ma prima quella di alcuni di noi. Evidentemente la pressione era troppo alta, quindi la squadra ha regolato forzatamente la corrente temporale, applicando meno energia nella pila di energia negativa. Ci sono stati diversi esperimenti, alcuni soldati sono morti, forse non sapevano come tornare indietro, o sono morti per qualcosa da quella parte.

A metà del 20 aprile abbiamo scoperto qual era l'energia massima su cui potevamo contare per viaggiare nel passato e quale per il futuro. Non si è mai saputo perché l'energia per viaggiare nel passato di ogni batteria di sostanze x durasse tre viaggi e quella per il futuro cinque.

L'energia massima per viaggiare nel passato che avevamo di sostanza negativa che avrebbe allungato l'ingresso e l'uscita del wormhole, era per il 9200 a.C.. A.C. e nel futuro fino al 10362.

Il Complesso 3 di queste strutture sotterranee era incaricato di creare energia X grazie al combustibile e alle **Alutiones** in un reattore di accelerazione che chiamarono **Entioplasma**. Questa sezione fu costruita con una larghezza di 35 metri e un'altezza di 25 metri, in modo che in caso di esplosione contenesse il potere distruttivo di quell'elemento che, secondo le parole di uno dei fisici più brillanti: Werner Heisenberg e Albur Puh, avrebbe potuto distruggere il mondo se fosse entrato in una reazione a catena e non fosse stato fermato.

Nel dicembre 1941 tre membri dell'équipe viaggiarono nel passato: Sparta, Grecia ed Egitto, dimostrando il successo del progetto con prove tangibili, e nel futuro per tre volte.

Senza indugio tutto fu presentato al comandante supremo in persona. Il 2 gennaio 1942 l'entourage si recò da Berlino al confine tra Polonia e Repubblica Ceca.

3

Alla reception del complesso, Hitler, con un grande sorriso durante tutto il suo discorso, ringraziò l'intera squadra per una tale impresa. Ricordo il suo particolare carisma egomaniaco e la sua faccia seria dopo quel discorso. Entrando nell'area, il **Führer** e il suo entourage girarono intorno e guardarono in alto e in basso il meraviglioso dispositivo, mentre il suo fotografo personale Heinrich Hoffmann continuava a scattare foto.

Poi, senza mostrare alcuna emozione nell'assistere al vortice stellare aperto, sorrise e disse alcune parole che non riuscii a sentire a causa della mia distanza a uno dei suoi generali: Hermann Goring. Notò subito, a dieci metri di distanza, l'attraversamento di Lucas Braver, uno dei nostri tecnici, e il suo ritorno con un fiore di nocciola, che attirò la sua attenzione al punto da scherzare. Anche se, in fondo, sapeva bene che con quell'arma nessuno lo avrebbe fermato e che era solo questione di giorni per rendere il mondo un caos. Dopo aver visitato le aree rimanenti, partì per Berlino.

Qualche ora dopo, il generale Heinrich Himmler diede ad alcuni di noi la possibilità di visitare le nostre famiglie, dopo più di un anno e un po' di assenza di contatti. Inoltre, mi fu fornita un'auto lontano da lì. Già sulla strada di casa, mentre guidavo la mia auto lungo la grande strada circondata da una fitta foresta vicino a Osowka, in direzione del villaggio di Honch, qualcosa mi frullava in testa. Ero già a conoscenza dei massacri e del genocidio di persone innocenti da parte del nostro governo, che molti difendevano a spada tratta. Sapevo che se la Germania avesse vinto la guerra, centinaia di milioni di persone sarebbero morte e io avrei avuto una parte della colpa. Ero anche consapevole che, grazie a questa nuova e straordinaria invenzione, la vittoria della Germania era assicurata.

Per questo motivo, ho escogitato un piano suicida: rubare il gadget a qualsiasi costo, anche se la mia vita fosse appesa a un filo.

Dopo un caloroso benvenuto a casa, ho pianificato tutto senza dirlo a mia moglie Monik. Volevo che partissero immediatamente a causa del pericolo totale che avrebbe comportato il successo del mio piano.

La terza notte di riposo qualcosa interruppe la mia tranquillità. Mentre guardavo fuori dalla residenza, un'auto privata della Gestapo stava attraversando il quartiere. Non mi accorsi mai quando mi seguirono una volta allontanatisi dal bunker. Ma di una cosa ero sicuro: erano stati mandati dalle SS o dall'alto comando e non volevano alcuna fuga di notizie. Per molto tempo ho temuto che il progetto finisse perché questa unità non lasciava nulla di intentato: uccideva tutti.

Mi restavano solo pochi giorni per tornare. La data prevista per la realizzazione del grande esperimento che ci era stato detto sarebbe stata il 18 gennaio, quando un gruppo di uomini selezionati sarebbe passato nel futuro per cambiare gli eventi del conflitto. A quel punto tutto era pronto e tutte le informazioni della seconda guerra mondiale sarebbero state raccolte e applicate al presente per garantire la vittoria.

Senza perdere tempo, il giorno dopo contattai un mio vecchio amico francese dell'università che viveva nelle vicinanze e inventai una storia: la Germania stava per perdere la guerra contro i russi e io temevo per la mia famiglia. Così gli offrii una grossa somma di denaro per trovare una casa in affitto per la mia famiglia vicino alla sua casa nel nord della Francia. Accettò senza pensarci due volte.

Ripetei la stessa storia a mia moglie, che all'inizio era riluttante, ma presto accettò. La sera stessa preparò i documenti importanti per la partenza. Le dissi che saremmo partiti mentre l'auto della Gestapo non era in vista, mentre loro pattugliavano le altre case dei colleghi in fondo alla strada, e poi sarei tornato, così sarebbe stato più facile. Dopo ore di esitazione e paura, osammo... i nostri cuori battevano forte mentre avanzavamo con la nostra bambina in braccio. Ben presto ci trovammo a diversi isolati di distanza. A cinquecento metri di distanza il mio amico ci aspettava. All'interno della sua auto discutemmo di alcune questioni rilevanti, poi salutai la mia famiglia, promettendole che ci saremmo rivisti in Francia.

Era già notte fonda quando riuscii a eludere di nuovo la sicurezza della Gestapo e a rientrare in casa. In un certo senso mi sentivo sollevata. Se fossi riuscito a fare tutto questo, mi sarei preoccupato solo della mia pelle, la mia famiglia sarebbe stata ormai lontana, nel caso fossero venuti a prenderli per vendetta.

Negli ultimi tre giorni di riposo che avevamo stabilito, mi incontrai con il mio migliore amico e collega, il fisico quarantenne Ancel Thurner. Gli incontri avvenivano nella caffetteria vicino a Grüner Baun Street, dopo aver finito di correre, per non destare i sospetti della polizia segreta (Gestapo) che sicuramente sarebbe stata nei paraggi.

Affidare la mia vita al mio amico Ancel: gli ho rivelato il segreto perché ci stavamo incontrando. Molto nervosamente gli ho detto prima perché avrei fatto tutto questo. Il suo shock fu minimo quando gli dissi che avrei rubato, ebbe un sussulto e sussurrò tremando. - Sei pazzo! Non contare su di me. Poi ci fu un grande silenzio, mentre il suono dell'assaggio del caffè gli scendeva in gola. Quella notte non riuscii a dormire pensando che mi avrebbe tradito e sarebbe venuto a cercarmi. Ma con mia piacevole sorpresa il giorno dopo si presentò a correre con me e poi al bar; azioni che mi diedero grande pace e fiducia in lui. Il secondo giorno, dopo una calda conversazione, accettò. Era vedovo, single e senza figli, quindi non aveva molto altro da perdere oltre alla sua preziosa vita.

Condividevamo gli stessi ideali umanistici e anche gusti simili, motivo per cui andavamo così d'accordo. Abbiamo iniziato a lavorare insieme nel 1931 all'Università di Heidelberg come docenti e siamo diventati buoni amici.

Nel 1931, il governo tedesco lanciò il programma (Köppe) e iniziò a reclutare le menti più brillanti in ogni campo in tutto il Paese. Accettammo volentieri di partecipare quando ci fu chiesto di farlo per amore della scienza. Ma negli anni precedenti lo scoppio della guerra, iniziammo a lavorare a progetti militari che non ci rendevano del tutto felici, ma continuammo perché, secondo noi, costruire un'arma non faceva di te un assassino.

Ma l'orrore divenne visibile, quando scoprimmo genocidi di ogni tipo nel 1942, tra cui bambini, anziani e donne uccisi nelle camere a gas. Gran parte di questi fatti ci hanno doppiato, mentre lavoravamo al marchingegno del tempo, se così vogliamo chiamarlo.

Il 13 gennaio, qualche giorno prima di rientrare nel bunker, abbiamo tracciato il piano nei dettagli. Sapevamo entrambi che la porta ad arco, realizzata con il metallo chiamato Varmpül-linch 02, pesava solo 13 kg, più i due grandi elettromagneti a reazione negativa, 5 kg ciascuno, per un totale di 23 kg. L'apparato, noto come fascio, pesava 40 chilogrammi insieme a tutti i sensori... Di solito veniva rimosso da una base aerea idraulica che lo manteneva statico, ma non era necessario rubarlo. Sebbene non fossimo esperti di tutti i suoi componenti, sapevamo come farlo funzionare perfettamente, poiché avevamo partecipato alla preparazione del manuale.

Solo che sarebbe stato impossibile sottrarre altre batterie a energia negativa, per cui ne sarebbe bastata una, che faceva solo tre viaggi nel passato o cinque nel futuro. Secondo il mio amico Ancel, le sole cinque batterie uniche, che misurano 35 cm di lunghezza e 20 cm di circonferenza e che sono compresse per un peso di 5 kg ciascuna, sono costate alla Germania la modica cifra di 136 miliardi di dollari. Inoltre, per produrre l'energia di una singola batteria sono stati necessari circa cinque mesi.

Per esperienza, sapevamo che il venerdì pomeriggio la sicurezza ai cinque cancelli che conducevano all'uscita (foresta) era molto minore, per cui potevamo uscire e fuggire. In totale i tre complessi sotterranei, secondo la mia mente, non superavano i 2 km^2 e all'interno c'erano meno di 50 guardie in mezzo a un mare di porte e tunnel. All'esterno, apparentemente, non c'era alcuna sicurezza a causa dell'ordine recente di non attirare l'attenzione e di localizzare la struttura. L'intera area boschiva era off-limits per i civili, pena la morte in caso di sconfinamento.

Il corridoio del bunker meno sorvegliato dall'esterno era il numero tre, per questo lo scegliemmo. Tutta la squadra era solita mangiare alle sei di sera, lasciando deserta l'area di prova dove si trovava il gioiello. C'erano solo due guardie che camminavano tra un corridoio in alto e un'altra alla porta che conduceva alla sala da pranzo, quindi in teoria potevamo aggirare quel poco di sicurezza che c'era. Quindi, il piano interno era fondamentalmente: rubare entrambi gli oggetti, tra le 18 e le 19, alla stessa ora, mentre tutto il personale scientifico mangiava e le guardie si disperdevano tra i corridoi. Avevamo solo un'ora di tempo.

Dopo aver riflettuto a lungo, ho dedotto che se, in tutti i 300 metri che ci separano dall'uscita, più di una guardia ci avesse visto, avremmo dovuto usare la forza. Accettammo il rischio. Tutto sarebbe dovuto avvenire in meno di 15 minuti, dal bunker 3 attraverso il corridoio 3 fino all'uscita, oppure il piano B se fossimo stati scoperti: cercare di fuggire senza nulla e aspettare la morte in quella zona boscosa. Il secondo grande problema era quello di uscire velocemente da quel terreno trasportando tutto. Secondo la mappa della foresta, a circa 25 km da Ozowka il più vicino era Iwok e non era più lungo di 12 km, quindi tutto tornava. Quindi, per sicurezza, il 14 e il 15 guidammo vicino a dove sospettavamo fosse il nuovo bunker, dove eravamo soliti essere bendati, una tattica che usavano per evitare di essere rintracciati in caso di tradimento.

Il 14 abbiamo raggiunto i margini umidi e freddi dell'area boschiva (Iwok) e abbiamo lasciato lo scarabeo (carrello) tra le fronde. Tutto era perimetralmente segnalato con cartelli di "pericolo di non sconfinamento" e "area riservata". Ci siamo addentrati in innumerevoli sentieri collinari, ci siamo persi per qualche ora, ma ne è valsa la pena. A poco a poco abbiamo imparato a conoscere il terreno, ed era lo stesso tipo di rumore di uccelli che avevamo sentito giorni prima quando ci avevano dato i giorni liberi e avevamo lasciato il bunker bendati. Nel tardo pomeriggio, quando eravamo sul punto di rinunciare, ci siamo imbattuti nell'obiettivo.

Ma come facevamo a sapere che l'uscita era lì, vi chiederete, se non la vedevamo perché grandi alberi ostruivano la visuale su una parte bassa del luogo? Ebbene, in quel momento in lontananza sulla strada, per nostra fortuna, si sono avvicinati dei soldati di diverse agenzie... lo abbiamo dedotto dalle loro uniformi, e mentre scendevano da alcune auto si sono diretti verso una massa di alberi che si trovava in quel tratto di strada. Temendo che ce ne fossero altri in giro, ci siamo allontanati immediatamente, ma non prima di aver approfittato delle ore rimanenti per cercare, con l'aiuto della mappa, il percorso migliore dove sarebbe stato più difficile prenderci.

E trovammo, nel tardo pomeriggio, un ripido pendio roccioso che ci avrebbe permesso di raggiungere rapidamente l'auto numero uno nascosta nel sottobosco, e a un paio di chilometri di distanza l'altro incrocio di due strade minerarie abbandonate, dove la seconda auto avrebbe dovuto trarci in inganno. E lì abbiamo trascorso diversi giorni a testare il piano. Ovviamente, con la certezza che la Gestapo non ci avrebbe osservato e avrebbe scoperto tutto.

Nel pomeriggio, il giorno prima che le SS passassero da me e dal mio amico ai rispettivi indirizzi, guidammo entrambe le Volkswagen verso le rispettive posizioni che avevo menzionato. Lasciammo anche molti soldi all'interno, in caso di necessità, due pistole e alcuni vestiti. Pregammo solo che non venissero guardate da qualche agente della stradale o da qualche vandalo nelle ore rimanenti dopo la rapina.

E venne il giorno di tornare alla struttura... 16 gennaio 1942, era una mattina fredda e aspettavo con impazienza fuori il veicolo, forse delle SS o della Gestapo, che alle 9 del mattino sarebbe venuto a prendermi per portarmi via. E così accadde, un'auto nera con i vetri oscurati mi si avvicinò a quell'ora. All'inizio mi sono allarmato, perché ho visto che non aveva il simbolo della svastica, un'insegna che identifica il governo. Ma quando uno dei finestrini posteriori si aprì, il mio cuore ebbe un sussulto, vidi che erano le stesse persone vestite di scuro che sorvegliavano una sezione del bunker, quelle che non avevo mai sentito emettere un suono, ma solo i loro gesti bruschi. Mi venne un brivido solo a mettere piede in quell'auto con quei quattro strani uomini a bordo, che sembravano più una strana specie di polacchi che di tedeschi.

A metà strada mi coprirono il viso e le orecchie, un'azione che aumentò la mia paura fino a farmi sentire le pulsazioni nelle orecchie. Mentre l'auto procedeva, mi resi conto che questi uomini erano più metodici e attenti del resto della guardia delle SS nel fare qualsiasi cosa. Una volta scesi dall'auto, mi fecero camminare per circa 50 metri in direzione del bosco... lì mi tolsero i tappi per le orecchie e l'eccitazione mi colse. Il singolare attrito e la simile forza del vento che sentivo mi indicavano che si trattava dello stesso luogo ventoso in cui ero stato il giorno prima: e questo mi rendeva felice, non avevamo sbagliato a entrare in quel bosco.

All'interno del recinto, il mio volto era scoperto all'inizio, dove mi aspettava una parte della squadra che ho salutato cordialmente, tra cui il mio complice e amico che mi ha stretto la mano. Mentre scendevo le scale a chiocciola verso la base con il resto della squadra, ho contato ottanta gradini. Proseguendo in linea retta, c'era una piccola carrozza elettrica che correva per tutta la lunghezza del complesso, con una capacità di non più di dieci persone, che si spostava dalla sezione 1 alla sezione 3 in un minuto, e che poteva essere utilizzata solo se c'era una guardia con te. Mentre scendevo lungo la carrozza pensai che sarebbe stato molto meglio derubarli in quel modo, ma poi rinunciai all'idea quando vidi questi uomini armati e vestiti di nero invadere il tunnel. Tentare sarebbe stato un suicidio.

I giorni volavano tra prove e test... Ricordo gli ultimi due giorni quando, di notte, mi assaliva una paura terribile al solo pensiero di essere scoperto, e questo provocava un tremito nel mio corpo che non riuscivo a contenere. A un certo punto ho pensato di rinunciare al piano. Ma sapevo che se non l'avessi portato il venerdì entro il sabato o la domenica con il gruppo di uomini che avrebbero studiato il futuro, Hitler e i suoi alleati avrebbero vinto la guerra.

4

Io e il mio amico non dormivamo nella stessa sezione del complesso, quindi comunicavamo scambiandoci informazioni sulla carta igienica nella sezione dei bagni, uno accanto all'altro, e poi buttandola nel water. Un giorno prima di tutto abbiamo rivisto lo stesso piano in questo modo.

Ogni volta che mi ricordo un'ora prima dell'evento mi viene un attacco d'ansia che rimane nel mio corpo per ore. Venerdì 18 gennaio 1942 è stato il giorno più stressante della mia vita, quel giorno mi è sembrato eterno, era il giorno cruciale che avrebbe segnato la storia: impedire alla Germania nazista di conquistare il mondo e macchiarlo di sangue.

Non conosco la verità sul pensiero dei miei colleghi sulle atrocità che il nostro governo stava commettendo sui nostri fratelli ebrei e su molte minoranze. Mettere un soggetto del genere in quel complesso con quello spericolato uomo delle SS: sarebbe stato un bagno di sangue per il tradimento.

Al contrario, alcuni soldati delle SS sprizzavano fanatismo da tutti i pori. In molte occasioni ho sentito il loro odio profondo, meschino e malato per gli ebrei. Una frase costante che ripetevano sempre con scherno era: "uccidi un ebreo, stupra sua moglie e sarai amico del Führer", espressioni che ovviamente mi facevano sanguinare le orecchie. I loro discorsi tipici erano in quel tono; avvilendo e umiliando la figura dell'ebreo.

Alle 4:30 di sabato 18, l'adrenalina ha iniziato a scorrere dentro di noi, i nostri sguardi hanno iniziato a incrociarsi. Il mio amico e collega stava lavorando in un'area a non più di 50 metri di distanza, e io nell'area di documentazione teorica del progetto.

Ciò che non avevo menzionato è che il progetto Tailus III era stato nuovamente attivato in altri complessi per perfezionare il modello Fliegend Untertasse (disco volante), il cui campo gravitazionale era destabilizzato dal plasma e dalla miscela mentre ruotava.

Venti minuti prima che tutti lasciassero le loro attività in tutte le aree e i progetti di prova, sono uscito per un momento nella sezione dei bagni. Lì il mio amico mi aspettava, confermandomi che era con me. Dal suo lungo camice bianco tirò fuori un cacciavite lungo e affilato come segno che, se necessario, lo avrebbe usato. Inoltre, mi avvertì che i vertici dell'esercito erano usciti nel complesso vicino, e questo era un vantaggio. Lo guardai incredulo mentre mi mostrava di nuovo il cacciavite sotto le lenzuola che separavano i bagni. Lo salutai, feci un respiro profondo e uscii per primo. Subito dopo tirò lo sciacquone e uscì.

Eravamo determinati a farlo. Mi sentivo come se stessi bucando per l'adrenalina che mi scorreva in corpo, ma ero felice.

Siamo stati certamente fortunati a farlo quel mese, quando le telecamere a circuito chiuso non erano ancora in funzione. Ho scoperto alla fine del 1942 che venivano utilizzate. Dopo una riunione protocollare Walther Gerlach ci ordinò di essere pronti nelle prime ore della domenica mattina, che secondo le sue parole sarebbe stata l'inizio dell'esito della guerra a favore del Terzo Reich.

Era consuetudine essere l'ultimo a lasciare l'area del progetto. Mi restavano da archiviare grandi faldoni di informazioni mentre la maggior parte di loro si perdeva nei corridoi in segno di giubilo, persino le SS sparivano. Essendo uno dei principali responsabili del reparto teoria e piani, avevo accesso a documenti riservati. Dopo che non c'era nessuno nell'area, ho aperto in fretta e furia gli schedari alla ricerca degli **Zeitwürfel** (*cubi del tempo*) originali dell'intero progetto e ho preso i più importanti, mentre gli altri, senza che nessuno li guardasse, li ho distrutti in un piccolo inceneritore di carta che si trovava sullo sfondo. Dopo questa azione, ho abbassato una spessa finestra in acrilico e ho scrutato in lontananza sopra i passaggi metallici dove i soldati facevano la guardia.

Per il mio cuore pulsante era un dono, avevano lasciato il loro posto, forse erano nelle mense o nei bagni. Provai un'emozione indescrivibile, come se un angelo custode mi avesse aiutato. Presi la spessa cartella di documenti e uscii con passo deciso. Nella sua area il mio amico fece finta di finire le sue attività, mi guardò e mi fece un segno, e ci dirigemmo verso il luogo dove c'era tutto. Entrammo in quell'area benedetta di non più di 150 metri quadrati, senza finestre e con muri spessi in grado di resistere a una guerra nucleare.

Aprimmo l'enorme portone, il mio cuore palpitò, afferrai subito la trave con forza e la liberai dall'impianto idraulico ed elettrico e, come avevo previsto, pesava circa 40 chilogrammi. Poiché il mio amico era più robusto di me, la prese lui e io smontai la porta ad arco in tre parti, presi i magneti e uscimmo come un bambino che ruba un biscotto. Avanzammo e, sentendoci invisibili, attraversammo orizzontalmente gli infiniti corridoi del complesso fino al numero 3. E lì andammo entrambi a passo spedito, benedetto il cielo, non si vedeva nessuna guardia. Senza prendere fiato e come per miracolo raggiungemmo i gradini 1, 5, 20, 50. 80 gradini più in alto, una botola segnava di nuovo la nostra strada; un piccolo tunnel, ma era la fine, non potevamo crederci. Per trecento metri non abbiamo visto un solo custode.

Il mio amico lasciò il fascio e guardò il successivo e ultimo corridoio a sinistra, che era l'uscita della foresta. Naturalmente, c'era una guardia delle SS alla botola d'ingresso. Pertanto, gli chiesi di avvicinarsi al soldato e di ucciderlo con il disarmatore; all'inizio si rifiutò, ma non avevamo tempo; era ora o mai più. Poco prima che si arrendesse e tornasse indietro, Ancel osò e girò l'angolo da solo, il soldato gli urlò contro, ricordo ancora quelle fredde parole: "Cosa ci fai quassù? Ti è assolutamente vietato farlo". "Adesso parlerò con il tuo capo".

Quando il soldato si girò per inviare un'onda radio, il mio amico lo pugnalò alla giugulare e poi si accasciò a terra.

5

Estrassi immediatamente l'esile chiave rettangolare di metallo elettrico che portava al collo e aprii la pesante porta del caveau, guardando fuori con timore nel caso ce ne fossero altri, ma fortunatamente non c'era nessuno. Prima uscii fuori e lo aiutai a portare il corpo e la trave su per le non più di otto scale di ferro, poi chiusi quell'ingresso simile a un sottomarino mentre ci guardavamo intorno paranoici. E sì, la collina dove eravamo stati giorni prima era in lontananza. Ci scambiammo i carichi e ce ne andammo di corsa.

Un brivido mi attraversò il corpo per l'adrenalina, tutto il mio essere si irrigidì per i nervi mentre avanzavo pensando: "Dio, non l'hanno ancora scoperto". Stavamo quasi svenendo per la stanchezza quando raggiungemmo il limitare della foresta e, per nostra fortuna, vedemmo la carrozza che avevamo lasciato giorni prima

avevamo lasciato giorni prima ed era intatta. Controllai l'orologio da tasca e non erano passati più di trentacinque minuti. L'esperienza aveva dimostrato che nessuno era tornato nelle zone in quel lasso di tempo. Anche se non so se stessero già cercando il soldato all'ingresso per aver lasciato il posto di blocco. Afferrai la mia pistola, che era sotto il sedile, mentre accompagnavo il mio amico fuori dalla strada federale.

In pochi minuti, senza che il governo si muovesse, raggiungemmo la seconda macchina e con grande eccitazione tirammo su la trave e l'arco e sfrecciammo via da quella strada abbandonata, lontano dalla cittadina di Honch dove risiedevo. Questo significava che non avevano ancora scoperto se tutto non fosse già stato transennato... Il mio amico si stava dando da fare, pregando solo che non venissimo fermati da un poliziotto stradale, cosa che non accadde mai.

Erano le 19:00. Eravamo arrivati sani e salvi nella città di Breslavia. Sicuramente a quell'ora lo avevano già saputo e ci aspettavamo il peggio: che i nostri volti sarebbero apparsi su tutti i giornali tedeschi, o sicuramente tutte le agenzie avevano già iniziato la caccia in segreto, che era l'ipotesi più probabile.

Arrivammo alla casa che apparteneva alla moglie di Alan quando era in vita, facemmo una doccia lì e anche se secondo lui quell'indirizzo non era noto al governo, cioè che era legato a lui, per sicurezza lasciammo il posto e affittammo un altro posto, in un edificio chiamato Schiere. La nuova auto con cui ci siamo trasferiti era una berlina, anch'essa della moglie. E mentre eravamo nella stanza d'albergo, abbiamo lasciato tutto nel bagagliaio fuori dal parcheggio, in modo da non essere collegati a lui se lo avessero trovato.

Fino a notte fonda abbiamo vegliato con le nostre pistole Mauser C96 al petto, mentre a volte la stanchezza ci faceva chiudere gli occhi. Al mattino, una cosa che ci sorprese fu che i nostri volti non erano sui giornali, ma notammo l'insolito movimento del governo ad ogni angolo della strada. Sicuramente ci stavano cercando. In un modo o nell'altro eravamo circondati. Era impossibile uscire da lì in auto, ogni macchina era ispezionata a fondo.

Temevamo che iniziassero a ispezionare l'albergo, ma accadde un altro miracolo: lunedì 19 gennaio i furgoni dei soldati furono ritirati, il che ci sollevò il cuore, ma sapevamo che era ancora altrettanto difficile uscire dalla città. Così escogitammo un nuovo piano: nascondere il fulmine in un luogo "impossibile da trovare" e da qualche altra parte l'arco e partire immediatamente per la Francia. E così facemmo. Lunedì mattina molto presto siamo usciti dall'hotel per trovare il posto migliore per farlo, evitando il più possibile i posti di blocco che invadevano la città.

Dopo pranzo, alle 15:30 lo abbiamo trovato: il cimitero cittadino. Lo percorremmo tutto e alla fine di una lapide abbandonata decidemmo che sarebbe stato abbastanza sicuro seppellire lì il raggio del tempo e all'altra estremità l'arco. Ora si trattava solo di prendere gli oggetti, aspettare la notte e sperare che nessuno ci scoprisse.

Alle sei siamo andati in macchina e li abbiamo messi nel retro dell'auto e li abbiamo coperti con due teli di plastica per evitare che i sensori e il pannello di controllo si bagnassero. Poi abbiamo guidato fino al cimitero... Ci sono volute ore per arrivarci a causa dei numerosi posti di blocco militari.

Una volta arrivati, parcheggiammo il veicolo lontano dall'ingresso... il freddo e la paura mi facevano accapponare la pelle ed ero così confusa su quale fosse l'una o l'altra cosa. Abbiamo trasportato tutto nella semioscurità fino alla lapide, l'unica luce che ci guidava era quella della luna. Senza un piccone per scavare, iniziammo una feroce ricerca di qualsiasi oggetto metallico o di qualcosa che gli assomigliasse; alla fine trovammo una croce, la aprimmo e iniziammo a finire vigorosamente... per un po' persi la cognizione del tempo. Ma il buco era abbastanza profondo per i due marchingegni e decidemmo subito di lasciarli entrambi lì. Li sistemammo con cura e li coprimmo in modo che nessuno se ne accorgesse, anche le foglie dell'albero frondoso che si trovavano lì erano comunque sparse. Racconto questo perché il giorno dopo ci siamo recati sul posto e le abbiamo trovate senza alcun segno che il terreno fosse stato smosso dall'uomo.

Mercoledì siamo rimasti tutto il giorno in albergo, preparandoci a partire per la Francia. Avevamo abbastanza soldi per arrivare... avevamo solo una valigia con il necessario per muoverci velocemente, per non destare sospetti.

Giovedì 22 gennaio siamo partiti da Breslavia e, grazie ad alcuni contatti di Ancel, siamo riusciti ad attraversare la maggior parte della Polonia in camion merci senza destare sospetti. Al confine con la Germania abbiamo evitato qualche contrattempo prendendo delle ferrovie ancora funzionanti che ci hanno portato ai confini francesi, il resto sarebbe troppo lungo da raccontare. In breve, arrivammo sani e salvi nel nord della Francia, che era, diciamo, uno Stato fantoccio che si era arreso alla Germania ed era stato preceduto dal generale francese Philippe Pétain, poiché il sud era stato preso con la forza.

Mia moglie e mia figlia stavano bene, cosa c'è di meglio: in uno dei più bei villaggi di Francia, Najac, nel dipartimento dell'Aveyron, e la sua iconica singola strada è spettacolare, le sue case bellissime e i suoi boschi adatti ai re. E che dire del castello di Najac: un'opera d'arte.

Io e il mio amico arrivammo finalmente il 7 gennaio 1942. Lui, grazie al suo francese perfetto, ottenne presto un lavoro di insegnante di basso profilo in una scuola rurale a 25 km dal villaggio. Per quanto riguarda me, dato che il mio francese era piuttosto goffo, ottenni solo un lavoro in un pastificio vicino al villaggio; fu dura, ma niente che non si potesse sopportare. Dopo tutto, io e la mia famiglia eravamo al sicuro e felici lì, e questa era la cosa più importante.

Nella relativa sicurezza di quel villaggio francese, accompagnati dal mio amico, abbiamo nascosto i documenti dell'intero progetto in una valigetta tra le montagne della foresta sull'altra sponda del fiume Aveyron.

Per molti mesi ho riflettuto su tutto, non so cosa sarebbe successo se la Germania avesse vinto, il dispositivo temporale era evidentemente l'arma più potente mai costruita, in quanto poteva cambiare i fatti di ogni cosa. Essendo io stesso un fisico teorico, faccio ancora fatica a capire come l'abbiamo realizzato. È stato un lavoro titanico di anni fino al risultato, anche se non so quale fosse il progetto (Tailus III) della navicella spaziale a propulsione antigravitazionale di cui facevo parte all'inizio.

Anche dopo aver rubato i documenti originali del progetto e averne distrutto tutte le copie, non posso dire se qualcuno avesse altre trascrizioni, perché di notte, mentre io dormivo, una minoranza del team continuava a fare test su altri progetti.

Non ho voluto entrare troppo nei dettagli della costruzione della macchina del tempo per essere prudente, ma lascio solo la formula temporale che ha permesso il viaggio. Dubito che qualcuno sia in grado di risolverla, ed è per questo che sono consapevole di mostrarla. Per completare una formula così piccola ci sono voluti mesi.

$$T = t\,(p1+p2)\,{}^*(e)^*3(5)\ e5576° = reg1+an3-5 = (s1) +x1 = (at2).$$

6

In tutti i documenti che ho sottratto c'è l'intero progetto dalla fase beta al suo completamento. Include materiale fotografico, teorico, formule, l'elenco completo dei materiali per la creazione del raggio e anche i piani di tutti i sensori, cita persino la procedura dettagliata di come creare la macchina e tutti i suoi componenti, i nomi di tutte le attrezzature e altro ancora (contiene la procedura completa e gli elementi per realizzare le batterie a energia negativa e la loro miscela).

Nei tre anni in cui la Germania occupò la Francia, per nostra tranquillità ho avvistato solo una volta il Wehrmach (l'esercito tedesco) dall'alto dello Château vicino al fiume Aveyron. Nel 1944 le truppe tedesche si ritirarono dal Paese gallico e poi la coalizione fece il suo dovere dando il culmine alla fine della Seconda Guerra Mondiale il 2 settembre 1945. Non ricordo esattamente che giorno della settimana fosse, ma festeggiammo la notizia in grande stile con tacchini alla francese e cibi di ogni tipo.

E il tempo volò. Anche se in Germania c'era un nuovo governo, solo alla fine di maggio del 1949 tornammo nella mia città natale, Berlino, per paura. Più di otto lunghi anni di lontananza e poi il ritorno improvviso, ovviamente la nostalgia si impadronì di me durante quelle settimane, ricordando il passato e tutto ciò che avevo vissuto mi faceva accapponare la pelle.

A Berlino, il quartiere in cui era nata la mia casa era in rovina, così ci trasferimmo nella casetta di mia nonna a circa due ore di distanza, nel comune di Brieselang. Ogni mattina andavo a Berlino dove insegnavo fisica all'Università pubblica Humboldt di Berlino.

A dire il vero, in tutti questi anni ho pensato raramente al progetto e a ciò che avevamo seppellito in Polonia. Ma durante il primo anno in Germania, la spina dorsale ha iniziato a rodere le mie viscere. Volevo mettere di nuovo le mani su quel dispositivo, ma tornare in Polonia da solo non mi piaceva molto, poteva essere un grande pericolo.

A sorpresa, due settimane dopo, una sera Ancel mi telegrafò che lui e sua moglie sarebbero venuti a Berlino. Ero entusiasta, il mio amico conosceva molto bene la Polonia, quindi lo avrei convinto a tornare per ciò che avevamo lasciato anni prima.

Un mese dopo eravamo in viaggio verso la Polonia, sette ore su strade ripide che ci hanno portato alla bellissima città di Breslavia. Il cimitero ebraico dove avevamo scavato quella notte del 1941 era ancora negli occhi della mia mente. Nove anni dopo, tutto sembrava diverso, all'inizio ero spaventato, pensavo che fosse stato scoperto e scavato, ma erano solo i nuovi alberi che crescevano tra le tombe a farlo sembrare diverso, cosa che inizialmente ci disorientò nel trovare la lapide benedetta.

Ci sedemmo nel mausoleo e nelle cripte a chiacchierare. Dopo un po' passò il guardiano notturno, il che ci colse di sorpresa. Con la guardia sarebbe stato più difficile portare avanti lo scavo con gli strumenti che avevamo nello stivale. Quel giorno non ci accadde nulla e tornammo nel tardo pomeriggio in una casa che avevamo affittato a mezzo chilometro di distanza.

Quella sera il mio amico mi aggiornò... mi disse che la maggior parte dei colleghi della squadra che aveva partecipato ai progetti Tailus e Zeitwürfel (dadi del tempo) erano stati uccisi prima che i russi prendessero il controllo dei complessi di Der Riese per paura che rivelassero informazioni a terzi. Pochi ebbero la fortuna di fuggire. Queste informazioni sono arrivate di prima mano da un tecnico di basso profilo che lavorava con noi e che si trasferì in Francia alla fine degli anni Cinquanta, mentre Ancel era ancora lì, e per uno strano caso del destino si incontrarono nella città di Lilla, dove il mio amico viveva dal 1945. Ma, poiché quell'incontro era così pericoloso, Ancel decise di andarsene senza che nessuno lo scoprisse quella sera stessa, anche se, nelle sue parole, il giovane tecnico non entrò nemmeno in argomento: che fossimo responsabili della rapina, ma evidentemente lo sapeva benissimo.

7

Non abbiamo più avuto sue notizie. Pochi fortunati al mondo sono sopravvissuti al segreto per raccontarlo.

Giorni di ricerche ci hanno rivelato che la domenica il cimitero ebraico non è sorvegliato, così ci siamo messi al lavoro. Siamo arrivati all'ingresso con la stessa diffidenza di un ladro che entra in un luogo altrui senza fare nulla. All'interno, con lampada in mano, piccone e pala, abbiamo raggiunto la lapide e con un pizzico di adrenalina abbiamo scavato senza fermarci fino a raggiungere il fondo.

Un sudore freddo percorreva tutto il nostro corpo... Un colpo di mano segnalò la fine, ed eccoli lì, intatti, proprio come li avevamo lasciati. L'umidità e il tempo avevano corroso un po' la gomma spessa, ma l'alluminio la proteggeva ancora. Le afferrammo con forza e le estraemmo con cautela, poi, senza essere metodici, ricoprimmo il buco senza curarci minimamente che se ne accorgessero, a chi potevo dare la colpa: al becchino, ovviamente.

Partimmo a passo svelto, un po' paranoici, guardando dappertutto. Li mettemmo in macchina con noncuranza, non c'era tempo per nulla, e lasciammo il posto con gli stessi nervi di quella sera.

Una volta al sicuro, li abbiamo osservati per ore... i nostri sguardi erano fissi su ogni dettaglio. Nel mezzo di quel silenzio il mio amico mi chiese: "Perché non lasciarlo lì per sempre ed esporsi di nuovo?" La mia risposta fu sincera, anche se all'inizio la prese come uno scherzo.

Ero ateo e lo sono tuttora, solo che mi sono appassionato a una storia biblica unica che si trova nella Genesi.

La mia risposta infantile, se così si può dire, fu: "Voglio andare al tempo dei caduti, non per incontrare Noè perché non mi interessano l'arca e il resto; voglio vedere da vicino i cosiddetti nefilim". Papà mi leggeva questa storia da bambino, forse questo ha influito sulla mia simpatia". A quella risposta rise di gusto, poi guardando la mia faccia apatica capì che ero molto serio, "allora mi disse in tono sarcastico", non ricordo la frase esatta, ma era qualcosa del tipo: "tanto è pericoloso andare a vedere le palle dei giganti, se sono esistite o è solo un mito".

L'idea di Ancel, fin dall'inizio, è sempre stata quella di distruggere l'invenzione, non amava l'idea di averla in giro perché era un grosso rischio, sapeva che un residuo di sopravvissuti nazisti ne conosceva l'esistenza e non avrebbe mai smesso di cercarla. Ovviamente lo convinsi e qualche giorno dopo lo portammo in Germania. E rimase nel seminterrato di casa mia per un altro anno.

Durante le vacanze di Natale del 1951, dissi ad Ancel che avevo già trovato il coraggio di tornare indietro nel tempo. Lui trasalì quando lo seppe, ma con il mio carattere riluttante e testardo lo convinsi come al solito. Accettò di accompagnarmi a condizione che facessi visita a suo padre, morto nel 1920, se la macchina avesse funzionato dopo undici anni di inutilizzo. Dopo il suo convincimento volai immediatamente nel nord della Francia, alla ricerca della valigetta contenente tutti i documenti del progetto che a quel tempo era ancora nascosta da qualche parte nella foresta vicino al fiume Aveyron.

Sebbene ricordassimo il funzionamento di base, avevamo bisogno di una guida al progetto, temevamo di applicare troppa energia alle pareti del tempo e di provocare una catastrofe, poiché in uno dei test iniziali nel 1941, in un'occasione ne fu data troppa e cominciò a sfuggire al controllo, cioè iniziò a espellere energia elettromagnetica dall'interno e cominciò a esercitare un campo gravitazionale all'imboccatura dell'ingresso, per cui quella volta ci spaventammo molto, perché sembrava l'inizio di un buco nero, ma fortunatamente fu spento.

Ma, al di là del pannello di controllo che consisteva in una serie di venticinque comandi e un pulsante di emergenza, la natura delle cose a volte è imprevedibile... e quindi la mia paura era latente, in fondo volevo farlo, ma ero anche preoccupato che qualcosa andasse storto, soprattutto perché eravamo solo teorici nel progetto, e se qualcosa fosse andato fuori controllo le persone migliori per intervenire sarebbero state gli ingegneri esperti nel funzionamento tangibile.

Tornato in Germania e con i piani in mano, raccontai a mia moglie la versione completa di tutto, lei rimase scioccata, ma poi digerì tutto, tranne il fatto che io facessi quello stupido viaggio, la sua paura era che mi succedesse qualcosa. E ancora una volta ho usato il mio potere di persuasione. La moglie del mio amico, Eliette, non ne ha mai saputo nulla, su raccomandazione di Ancel di non esporla a nessun pericolo.

Nelle settimane successive spiegai dettagliatamente a mia moglie Monik cosa fare e non fare con la macchina una volta accesa o come la chiamavo io (Strahl Zeit) (raggio temporale). Il mio piano all'inizio era di fare il viaggio solo nel passato. Era necessario che qualcuno nella linea del tempo presente spegnesse la macchina, in modo che una volta attraversata non consumasse tutta la batteria, e che a un certo punto la riaccendesse e io potessi tornare indietro. Ma a un certo punto Ancel mi convinse che era troppo pericoloso andare da solo, almeno con la sua compagnia avremmo diminuito i rischi, per questo raccontai tutto a mia moglie, visto che sarebbe stata lei a permetterci di tornare, ma era anche un pericolo lasciare qualcuno inesperto davanti a tutta quella confusione. Avrei comunque giocato d'azzardo secondo il mio capriccio.

Il 5 luglio 1952, durante le mie vacanze estive, preparai tutto per compiere quell'impresa: viaggiare indietro nel tempo. La prima cosa che feci fu affittare una baita il giorno prima, vicino al villaggio di Lubbe, più precisamente in una sezione della Foresta della Sprea che aveva l'elettricità nelle vicinanze.

Erano le 6 del mattino a Berlino quando siamo partiti per il luogo... qualche ora dopo eravamo arrivati. Abbiamo pranzato nelle vicinanze e poi ci siamo addentrati nella foresta. Quel giorno era tutto dedicato a godersi la natura e il piacere di quegli splendidi panorami e di quelle montagne piene di vegetazione di ogni tipo.

8

Il 7 luglio 1952 è stato il giorno più emozionante della mia vita, quasi paragonabile a quello in cui ho rubato la macchina. Tutto sommato erano le 5 del pomeriggio, solo che in quella zona della foresta dove si trova la capanna non c'erano persone. Le case più vicine si trovavano a 1,5 km di distanza ed erano ostruite da pini, perfetti per i nostri piani estranei. La lunghezza delle capanne era di trenta metri per cinque di larghezza; la distanza ideale per sistemare la trave e l'arco. Ricordo che il posto era vuoto di oggetti perché avevamo tolto tutto, volevo che fosse libero da ostacoli. Coprimmo le finestre con un telo nero e ci accingemmo a montare la porta ad arco, poi la alzammo e la fissammo al pavimento con le due grandi calamite, ovviamente con l'aiuto di alcune grosse viti.

Un cavo elettrico spesso è stato collegato alla trave per alimentare il pannello di controllo e la scheda analogica; abbiamo anche messo una base metallica in modo che fosse stabile e non causasse nulla di anomalo, dato che non avevamo la base idraulica. Poi, una volta stabilizzato, abbiamo collegato il cavo ad arco alla trave, che era il sistema di sensori che ci permetteva di far passare gli impulsi elettrici e mantenere il flusso. I pali della corrente elettrica di cui avevamo bisogno si trovavano a quattrocento metri di distanza, quindi con diverse prolunghe siamo riusciti a collegarci alla torre elettrica. La nostra eccitazione è stata stroncata quando siamo tornati e abbiamo visto la scheda analogica accesa e tutti i sensori illuminati.

Il rumore delle turbine mi ricordava il passato, ma non c'era tempo per i sentimentalismi. Dopo aver controllato tutto con attenzione e con il piano in mano, ci siamo messi a tracciare le coordinate sulla lavagna; latitudine, data e grado, per apparire da qualche parte in quello che credevamo da tutto quello che avevamo studiato; Noè è vissuto e quindi quelli di cui ci occupavamo: i **nefilim** o i suoi genitori, i caduti.

La prima prova per vedere se riuscivamo a trovare una data nel passato. Erano le 6 di sera, Ancel avviò l'accensione, che avveniva con una leva che attivava tutto, poi passarono 15 secondi con un suono elettrico che fu il culmine di tutto. Ci siamo allontanati di 10 metri, come da protocollo di sicurezza, ed è uscito quello che io e Ancel avevamo già visto. Un concentrato di energia di plasma negativo quasi invisibile ha attraversato tutto l'arco e poi ha iniziato a creare un vortice nel nulla, ed è culminato dopo circa 60 secondi, una forma verticale rossastra elettrica con ingrandimento è stata la percezione quando l'ho vista, questo è il massimo che posso descrivere l'ingresso.

La data che abbiamo inserito era il 9.500 a.C.. Una cosa importante da aggiungere è che il vortice poteva rimanere aperto solo per un massimo di 5 minuti, altrimenti avrebbe esaurito l'energia e si sarebbe chiuso", quindi ci siamo precipitati ad attraversarlo. Avevo visto l'attraversamento del materiale in passato, ma non l'avevo mai vissuto in prima persona. Sentivo una scarica di adrenalina e un formicolio alle mani con un po' di ansia, ma volevo farlo... Ho dato un bacio al mio amato Monik e mi sono diretto verso il cancello temporale, proprio al lato in cui l'energia del raggio colpiva l'arco: e ho attraversato.

Posso descrivere la sensazione di toccarlo e di viaggiare indietro nel tempo; come se si venisse trascinati dalla corrente di un fiume calmo, si percepisce una serenità incredibile, è difficile trovare le parole per descriverla, non c'è alcun suono lì dentro mentre si viene trainati verso il punto B. Nel passaggio dalla realtà presente a quella passata ho calcolato circa tre secondi **(ma sappiamo bene che lì il tempo non esiste)** mentre, un po' stordito, uscivo da quella fine. Quando mi sono alzato ho aspettato Ancel e poi mi sono guardato intorno: niente, non c'era niente se non montagne e sabbia.

Abbiamo camminato in tutte le direzioni senza perdere le bandiere al punto di partenza che indicavano il ritorno, con le nostre pistole Walther P38 in mano che non abbiamo mai messo via. Abbiamo camminato per cinque ore e siamo tornati al punto di partenza. 9500 anni fa e non c'era nulla... Secondo le fonti consultate, avrebbe dovuto esserci un insediamento, ma niente. E noi eravamo lì, ad aspettare che mia moglie riaccendesse tutto. I minuti passavano e le nostre paure aumentavano... nelle vicinanze sentivamo rumori di animali selvatici, non era una zona boscosa, ma c'era una grande pianura di alberi ideale per i pedinamenti. Ricordo che erano le sei quando attraversammo il tempo, ma da questa parte passarono sei ore prima che Monik aprisse il portale. Alla fine di una lunga agonia di dubbi, l'identico vortice dall'altra parte si aprì e senza pensarci due volte saltammo fuori nello stesso momento.

Non saprei proprio dire che cosa avremmo trovato se fossimo ancora in giro nel 9500 a.C., ma la paura dell'ignoto ci ha fermato. Secondo le congetture del secondo libro, la data di vita di questi giganti era il 9000.

Erano le 23 quando siamo tornati al presente, nel passato era ancora sera.

Il giorno successivo, dopo aver fatto i complimenti a mia moglie per l'ottimo lavoro svolto, ci siamo messi a riprovare.

Questa volta lo abbiamo fatto alle quattro del pomeriggio, con la stessa procedura del giorno precedente, e abbiamo attraversato la tela spaziale.

Dopo aver percorso circa cinquecento metri, abbiamo avuto la sorpresa di trovare un insediamento ai piedi di alcune montagne apparentemente abbandonate e di evidente antichità, i resti di un insediamento umano abbastanza grande, credo lungo circa trecento metri, con capanne ovali di legno e paglia e utensili primitivi ancora appesi. Ovviamente non abbiamo attraversato tutto il luogo per paura... quando abbiamo visto alcuni scheletri di animali siamo tornati al punto iniziale, sulla cima di una collina e lì abbiamo osservato i dintorni, ma niente.

A quale regione appartenessero quell'epoca e quel luogo, ci chiedemmo, non c'era traccia di umani, tanto meno di giganti. Guardai l'orologio appeso al petto; segnava le 9:33, era ancora presto, ma il sole era al suo culmine; così cocente che decidemmo di riposare un po' e di continuare più tardi. Non volevo bruciare questo secondo viaggio invano, perché sapevo che solo la batteria elettrica ci avrebbe permesso un altro viaggio. Dalle 10 alle 17 abbiamo camminato per monti e valli e non abbiamo trovato nulla, assolutamente nulla, né vicino né lontano, così ci siamo affrettati a tornare all'ora concordata in cui Monik avrebbe riaperto il portale e noi saremmo tornati.

A tre giorni dall'inizio dell'avventura e un po' demoralizzati dai due tentativi falliti, decidemmo di trascorrere l'intera giornata in una piccola biblioteca del villaggio di Lubbe alla ricerca dell'indizio più vicino alla data dell'alluvione e alla sua ubicazione, e di non fallire la nostra ultima possibilità.

9

Libro dopo libro lo consumammo finché in cima a uno scaffale c'era un libro intitolato: **LE GENERAZIONI,** di Lucas Armenov, lo afferrai con forza e in effetti era quello che credevo, tutte le generazioni bibliche e le mappe secondo l'autore, e alla fine di sfogliare circa venticinque pagine apparve la benedetta data: 7100 anni fa e secondo lui Noè visse probabilmente vicino ai fiumi Eufrate e Tigri a nord della Mesopotamia, quindi con questi dati non avremmo giocato. Con l'aiuto di quel compendio avremmo tracciato le coordinate sulla lavagna luminosa e poi la data.

Sulla strada per la foresta ho detto a mia moglie che, una volta attraversato, avrei aperto il vortice solo una volta trascorse le 36 ore da quel lato (che attualmente sarebbero il doppio), è molto, lo so, ma era l'ultima volta che l'avrei fatto, e in qualche modo mi sentivo come un bambino; volevo vederlo a tutti i costi, anche se si trattava di un banale capriccio.

Alle 6 del mattino del 12 luglio 1952 attraversammo il tempo per l'ultima volta, il primo respiro da quella parte fu una catarsi, mi sentii molto meglio, guardando a non più di trecento metri il famoso fiume Eufrate e la sua potente corrente, e più felice quando Ancel mi avvertì di grandi campi a est, di orzo, palme e fichi. Dall'altra parte del fiume si estendeva una grande foresta di cipressi e ginepri.

Abbiamo trascorso circa 35 minuti osservando dietro una montagna in cerca di movimenti umani e, mentre stavamo per uscire in campo aperto, siamo stati allertati da un muggito: un gregge di pecore stava attraversando le basse acque dell'Eufrate ed era guidato da cinque robusti pastori vestiti, per l'epoca, con lunghe gonne, pelli incrociate di animali senza maniche e piccole lance di legno.

Abbiamo provato un vago miscuglio di adrenalina, paura e gioia, non riesco a trovare le parole, l'unica cosa che ricordo è che non volevamo comunicare, ma la loro lingua aveva una grande somiglianza con il sardo siciliano o forse quella lingua era il sumero.

Prima di cercare il villaggio o l'insediamento lungo lo stesso sentiero dove erano andati quegli uomini, controllammo tutto quello che avevamo nello zaino e, nel caso in cui avessimo dovuto correre a perdifiato, tirammo fuori le pistole e le mettemmo alla cintola... seguimmo la stessa direzione di quei pastori, ma dopo circa venticinque minuti ci trovammo faccia a faccia con un uomo che aveva delle somiglianze con loro, che si spaventò di noi e tornò indietro in preda al panico.

Su quella strada polverosa anche noi, senza cercare di fermarlo, ci spaventammo e pensammo che stesse arrivando con molti, così cominciammo a correre fuori dalla strada, giù per il pendio verso le colline. Lì ci accovacciammo per un'ora su una collina nel caso fosse arrivato qualcuno, ma non tornò nessuno, così continuammo ad attraversare quella montagna di cedri, e quando stavamo per scendere per passarla dall'altra parte; un villaggio demoniaco ci fermò, non trovo altre qualifiche per il mio argud culturale. Ancel si allungò subito e io lo seguii; erano giganti, avevamo incontrato i mitici **nefilim** della Bibbia, e la maggior parte di loro era alta almeno tre metri e mezzo, ma c'erano eccezioni fino a 4 e 5 metri.

Per darvi un'idea cercherò di descrivere quanto più vicino a ciò che ho visto, per quanto i miei sensi possano farlo... dalla cima di quella montagna sottostante, il villaggio da un lato all'altro non superava gli ottocento metri. C'era un grande edificio al centro del villaggio, forse qualcosa che fungeva da tempio, c'erano piccole strade e numerose case rotonde, molte coperte di palme e rivestite di pelle e di qualcosa che sembrava vernice arancione, forse per tenere lontana l'umidità.

C'erano molte persone piccole come loro, ma venivano trattate come schiavi da quelle bestie... abbiamo assistito terrorizzati più volte a come piccoli esseri umani di non più di 1,60 metri venivano trafitti con strumenti di ferro affilati. Trovandomi in quel luogo mi sono reso conto che era molto pericoloso... vedere quelle scene mi ha fatto provare una sensazione di freddo che mi ha immobilizzato per alcuni istanti.

Ci siamo spostati lungo il fianco della montagna a petto in giù per avere una visione più ravvicinata, e wow, che spettacolo abbiamo avuto, a una distanza di circa duecento metri abbiamo visto il folklore nella sua pienezza. La maggior parte dei nephilim, se non tutti, aveva i capelli di un colore rossiccio e la pelle bianca e rossastra con lentiggini, i loro lineamenti mi sorpresero; erano molto belli nonostante sembrassero scuri per la loro corpulenza, la bellezza era veggente.

In generale portavano tutti una barba corta, cosa insolita per gli umani che abbiamo visto, dato che le loro barbe erano abbondanti. I vestiti di questi giganti erano di pelle, senza nulla che coprisse i loro pettorali muscolosi, una sorta di gonna leggera che copriva le cosce fino alle ginocchia. Un'altra caratteristica importante: le loro voci erano potenti e rimbombavano nelle mie orecchie quando gridavano.

Dopo alcune ore senza assistere a morti violente e in una relativa calma, il mio cuore rallentò e mi concentrai maggiormente sul godimento di ciò che non avrei mai più visto. Erano le due del pomeriggio quando dal lato ovest arrivarono cinque giganti che trascinavano una ventina di donne legate mani e piedi, sentivo un fuoco dentro di me che voleva venire in loro aiuto, ma Ancel mi fermò la spalla e mi impedì di alzarmi e scendere... percorsero un'intera strada, l'urlo di dolore di quelle donne era evidente... a tratti le grandi case dei nephilim ci impedivano di osservare tutto nei dettagli.

Una cosa che posso confermare e che ha colpito profondamente la mia attenzione è che non ho visto nessuna donna nefilim, motivo per cui ho dedotto che questi giganti rubavano le femmine dai villaggi degli uomini normali, per copulare e far emergere i loro istinti più bassi.

Verso le quattro del pomeriggio eravamo già avanzati dalla visione di gran parte di quel villaggio, e allora qualcosa ci disturbò, sì! Da una delle costruzioni più grandi, per così dire, più elaborate, più lussuose, uscirono tre individui, molto diversi da tutti gli altri, con vesti nere e ampi abiti lunghi fino alle caviglie, una sorta di veste nera lucente, e quando si trovarono di fronte a un gruppo di nephilim, questi ultimi si inchinarono, evidentemente, quell'azione indicava che questi uomini di media statura e di ineguagliabile bellezza erano i cosiddetti guardiani o angeli caduti, che si erano fatti dei corpi per convivere nella carne.

In un attimo provammo un terrore incontrollabile e smettemmo di guardare, anche se io ero un ateo consumato, sapevo che non si trattava di un sogno banale, ma di una realtà. Quindi queste creature, da qualunque parte venissero, avevano dei poteri e temevamo che ci avrebbero scoperto. Non so quanti minuti abbiamo trascorso con la testa a terra, aspettando che questi demoni se ne andassero. Abbiamo aspettato e aspettato fino a quando, con aria coraggiosa, abbiamo rialzato la testa e le strade sembravano di nuovo vuote, non sapevamo più dove fossero quelle donne legate.

Alle 5 del pomeriggio il sole stava per tramontare a ovest, indicando che era ora di mettersi al riparo. A quel punto, guardandoci intorno, ci siamo diretti verso l'altra montagna, più ripida, per riposare. Ci sono stati momenti di debolezza, mi ero già pentito di aver detto 36 ore, era un pericolo essere lì in questo periodo dell'anno. Ma il piacevole coraggio di Ancel mi tranquillizzò. -Noi portiamo le armi, chiunque pensi di farci del male, gli spariamo", mi disse, "ma non volevamo trovarci in una situazione di quella portata". Per le ore successive della notte abbiamo evitato di accendere fuochi a causa della relativa vicinanza e del rischio di allertare gli intrusi. Con la lampada in mano e sotto alberi frondosi abbiamo mangiato del cibo in scatola per cena.

Ma che notte abbiamo passato... abbiamo rischiato di congelare a causa delle alte temperature che non avevamo previsto. A salvarci sono stati gli zaini sotto i maglioni che abbiamo usato come isolante.

Nell'oscurità del mattino ancora presto, ci svegliarono le urla terrorizzate di persone spaventate, provenienti da quel villaggio del giorno precedente. Quando siamo tornati nello stesso luogo per vedere cosa stava accadendo, abbiamo assistito al peggio: un gruppo di famiglie sgozzate e alcune di queste bestie riempivano tazze di sangue mentre facevano oscillare in aria un corpo con profonde ferite alla testa, per poi togliergli la vita uno a uno.

Quelle scene di agonia sono state le peggiori a cui abbia mai assistito, quando ho girato un po' lo sguardo di lato, ho rabbrividito nel vedere uno di quei nephilim che trasportava come se fosse un grappolo d'uva 5 bambine tra i 5 e i 7 anni, piangevano a faccia in giù mentre questo essere di tre metri le trasportava con una sola mano, altri quattro erano vicini, mentre ridevano e bevevano sangue? Ho provato una rabbia elettrizzante che mi ha attraversato le viscere, ho preso la mia pistola P38 e ho detto al mio amico di tornare indietro, che non mi importava di morire lì, ma che non avrei tollerato questa ingiustizia, Ancel ha cercato di trattenermi, ma gli ho detto di nuovo di andarsene e che avrebbe aspettato fino al tramonto nascosto vicino a dove si sarebbe aperto il vortice. Non ci fu più di un minuto di discussione e lui disse che sarebbe venuto con me a qualunque costo.

Sul punto di agire e correre verso di loro, qualcosa fermò quei giganti e noi il nostro tentativo... dal cielo, sì, dal cielo in fondo alla strada sterrata scesero circa sei ombre confuse, ma a poco a poco divennero più chiare man mano che si avvicinavano: erano i cosiddetti Angeli, chiaramente queste entità volavano senza ali e venivano dal cielo, non vidi alcun oggetto tecnologico che potesse aiutarli a farlo. Si sono avvicinati a questi giganti e non so cosa abbiano comunicato, ma hanno desistito dall'uccidere i piccoli.

Quelle ragazze mi ricordavano le mie figlie, quindi il loro destino incerto mi addolorava l'anima. A quel punto mi sono pentita di essere andata ad assistere alla crudeltà di queste entità. Avrei preferito non pensarci mai.

Non riuscivo a togliermi dalla testa cosa fosse successo a quelle creature indifese. Il villaggio era composto solo da due strade lunghe circa cinquecento metri e al centro di una di queste c'era un gruppo di grandi abitazioni ed era lì che erano stati costretti a entrare, ma era passata un'ora e non sapevamo con certezza se fossero ancora vivi, avrei rischiato invano? Non potevamo aspettare la notte, perché il termine di 36 ore per il ritorno sarebbe stato alle 18:00 e non avremmo avuto il tempo di farlo di notte.

Moralmente mi sentivo a pezzi, usare la macchina del tempo per un capriccio e guardare scene del genere mi faceva sentire il peggiore degli uomini.

Dissi ad Ancel che avrei salvato le ragazze, se voleva venire con me sarebbe stata una sua decisione; accettò.

Ci incamminammo lentamente verso il villaggio e ci infilammo in una delle tende ai margini, dove non c'era nessuno, solo un enorme letto di pietra e paglia e oggetti di legno e alcuni attrezzi di bronzo e ferro. Quando ci siamo affacciati sulla strada non abbiamo visto nessuno. Il nostro respiro accelerato rendeva tutto più difficile, le nostre mani tremavano con la pistola in mano, avevamo un caricatore di circa quindici colpi ciascuno, almeno questo ci dava fiducia, ma se avessimo incontrato quelle creature che la Bibbia chiama vigilanti, cosa avremmo fatto, avrebbero potuto sentire il fuoco di un proiettile, era una domanda senza risposta che mi ponevo, ma dovevamo attraversare la strada. Sporgendo la testa dietro alcune baracche, in fondo alla strada giacevano ammucchiati senza vita gli stessi corpi che avevamo visto dall'alto della ripida collina, ed erano donne e uomini comuni di quel tempo, ferocemente uccisi, forse erano stati cacciati da qualche parte nelle vicinanze.

A un certo punto ho sentito la voce interiore della pazienza che mi diceva di farlo ora, e così ho fatto, sono partito con slancio, attraversando quella strada primitiva del 7100 a.C. con la pistola puntata su qualsiasi bersaglio apparisse, Ancel alle mie spalle che faceva lo stesso. C. con la pistola puntata su qualsiasi bersaglio apparisse, Ancel alle mie spalle che faceva lo stesso.

Chi si immaginerebbe una coppia di uomini, all'epoca ex simpatizzanti del Terzo Reich e modernamente vestiti, in un viale antidiluviano. Prima di varcare quella porta simile a una tenda di pelle d'asino mi sono fermato perché abbiamo sentito dei rumori e ci siamo nascosti in qualcosa che non so come descrivere; come dei grandi cubi di legno dove c'era dell'acqua, le pareti, se così si possono chiamare, erano una specie di bambù molto impilato, non c'era modo di intrufolarsi come il precedente, ma anche lì abbiamo sentito quello strano linguaggio tra questi esseri.

Schivando alcune enormi abitazioni, nascoste tra i loro enormi oggetti di uso quotidiano, ci imbattemmo nelle urla vacillanti delle ragazze, era una delle case più grandi del posto, non riuscivamo ancora a intrufolarci sotto le pareti laterali, tuttavia riuscimmo a trovare una piccola apertura che ci mostrò l'orrore, due di loro erano già state uccise. In quella stanza monumentale, due nephilim degenerati stavano mangiando una parte dei corpi, seduti su tronchi di legno che usavano come sedie.

Legate con strisce di corteccia d'albero, le ragazze emettevano piccole grida flosce, non riuscivamo a guardarle bene, ma sapevamo che erano loro.

Abbiamo aspettato per un'ora, strisciando sotto enormi cumuli di paglia gigante, che questi esseri avevano, forse per nutrire i loro animali. Dopo questo tempo sono usciti e si sono persi in lontananza. Il solo guardare questi individui da vicino era davvero spaventoso. Senza perdere tempo abbiamo attraversato la paglia, vedendo il soffitto alto cinque metri ci si sentiva minuscoli, tutto era illogico nelle dimensioni.

Metri più avanti individuammo quelle ancora vive e, con un coltello che per me era un'enorme spada di ferro, tagliammo la corteccia e ce ne andammo con le ragazze, attraversando la stradina in verticale e risalendo in fretta la stessa collina da cui eravamo scesi. Ma pochi metri prima che ci perdessimo di vista, una voce inquietante ci paralizzò per un secondo, e quando mi girai non sapevo da dove venisse, ma qualcuno ci aveva visto ed era uno dei nephilim. Feci subito segno alle ragazze di correre a tutta velocità verso la montagna sovrastante, stavano sicuramente venendo a prenderci.

Mi stupì la velocità di queste ragazze alla loro giovane età, noi riuscimmo a malapena a tenere il passo e per un paio d'ore ci perdemmo nelle profondità di quel bosco di cipressi. A un certo punto di quell'odissea, un tumulto di voci roche in discesa ci mise di nuovo in allarme.

Il colore zaffiro degli occhi di queste bambine ha catturato la nostra attenzione con forza, avevano un profilo caucasico orientale, i loro capelli brillavano come la luce del sole, ma io volevo sapere da dove venivano. Con i segni ho cercato di comunicare e solo due di loro hanno indicato l'ovest, così abbiamo pensato che in qualche luogo remoto di quelle montagne in lontananza ci fosse un villaggio a cui appartenevano.

Con otto ore di tempo per tornare al punto vicino al fiume Eufrate, decidemmo di riportare questi piccoli al loro luogo d'origine, ma ancora una volta quelle voci mostruose si avvicinavano sempre di più.

Decidemmo di fare il giro di quelle pianure e a poco a poco i suoni si allontanarono sempre di più. Verso le 12 una delle ragazze più grandi, credo di otto anni, indicò con il dito una collina con grandi pietre e alberi di fico; ci andammo e scoprimmo un altro villaggio, ma molto diverso, molto più piccolo e con capanne strette, sembravano umani. Due ragazze ci hanno preceduto, il che significa che i loro genitori erano lì. La ragazza più giovane non mostrò alcuna emozione nel seguirli.

Ma dovevamo trovare la sua famiglia, per potercene andare in pace. Prima di mettere piede in quel luogo, un gruppo di uomini ci circondò, non so il numero totale, ma erano decine ed erano armati, stavano per spararci, le due ragazze si avvicinarono a noi parlando in quella strana lingua ai loro apparenti parenti, millisecondi prima di attaccarci abbassarono le loro armi primitive e con certe grida rituali ci offrirono del cibo e una specie di torta d'orzo con miele.

Non so se fosse il capo tribù o che ruolo avesse che cercava di dirci qualcosa, forse voleva ringraziarci, ma grazie alla sua ospitalità e al cibo che ci ha detto non rappresentavamo una minaccia, anzi, siamo stati trattati come amici, grazie al tempestivo intervento delle ragazze.

Quando abbiamo fatto segno se la bambina più piccola poteva rimanere lì, quest'uomo magro, vestito di pelliccia e con la barba folta, ha scosso la testa dicendo che la bambina non era di lì, almeno questo è quello che ho capito io, e così anche gli altri abitanti del villaggio.

Eravamo disperati perché il tempo stava per scadere, ma non potevo lasciare quel piccolo angelo al suo destino. Dopo un'ora e senza alcun risultato, presi una decisione difficile: portarla con me al presente. Non potevo fare altro, se l'avessi lasciata al suo destino sarebbe morta o sarebbe stata ricatturata da quelle bestie.

A giudicare dall'aspetto del villaggio umano, erano visibili le recenti devastazioni degli attacchi delle forze nefilim o di un clan nemico.

In tutta quella pianura montuosa di decine di chilometri non vidi alcun segno della famosa arca di Noè, forse era molto lontana da lì o forse non era ancora avvenuta.

Con il respiro affannoso avanzammo portando il bambino sulle spalle, per tutto il lungo percorso provammo una strana paura dell'inconscio, come se fossimo perseguitati da questi colossali demoni del sottobosco.

Erano le 4 del pomeriggio quando dall'altra parte dell'Eufrate, a un chilometro di distanza, scorgemmo di nuovo una manciata di nephilim che copulavano con donne normali, un'azione del genere non era comune almeno da vedere nel villaggio; ne dedussi che in qualche modo questi individui, pur essendo selvaggi, avevano unioni coniugali stabili con una manciata di donne, ma anche razzie, furti e stupri nei villaggi vicini per le femmine.

Per deduzione non sono mai riuscito a capire se questi ibridi potessero avere figli, o se fosse solo un'abilità degli angeli caduti, strano che non ci fossero femmine giganti. La maggior parte delle belle donne che abbiamo visto erano alte fino alla coscia e semplici esseri umani.

Gli unici due villaggi che trovammo erano distanti al massimo 15 km. Avrei voluto trovarne altri, ma cosa importava ora, la nostra vita in quel momento dipendeva da quel gruppo di giganti che fornicavano a 200 metri in linea retta dal punto in cui il vortice si sarebbe aperto per ritirarsi da lì.

E così accadde, trenta minuti dopo erano andati al villaggio e ci lasciarono respirare in pace. Un'ora prima di attraversare, il rumore dei titani che ci avevano inseguito al mattino è ricomparso e stavano scendendo dal pendio verso l'Eufrate, ma dal lato opposto a quello in cui ci trovavamo.

Una scena degna di essere fotografata è stata quella in cui una ventina di Golia si sono avvicinati per bere dell'acqua, evidentemente stavamo morendo d'ansia.

Erano sdraiati sul bordo del fiume, sembravano esausti e affamati, a quanto pare avevano passato la maggior parte della giornata a cercarci, sembravano molto territoriali e quindi non si sarebbero mossi da lì per molto tempo.

La preoccupazione cominciò a rodere le nostre viscere: e se quei demoni non si fossero mossi da lì? E se il vortice temporale si fosse aperto e noi non fossimo riusciti ad attraversarlo? Saremmo rimasti intrappolati per sempre. Era un'angosciante disperazione che mi fece sudare freddo quando mancavano appena 20 minuti alle 18.00.

A dieci minuti dalla scadenza Ancel mi disse con voce ferma: "che non c'era altro modo per farlo, se non correre con i nostri fucili nella loro direzione quando la porta temporanea si sarebbe aperta". Era un suicidio, ma per la bambina l'avrei fatto.

Siccome il mio amico aveva più condizione di me, nonostante fosse più vecchio di cinque anni, lui portava il piccolo in braccio e io sparavo mentre attraversavamo l'Eufrate che arrivava all'inizio dei nostri fianchi. Fu così che alle 18:00, 30 metri dietro questi abomini, si aprì ciò che desideravamo: il wormhole, il nostro biglietto per tornare a casa.

Eravamo a 300 metri di distanza e ci siamo mossi in avanti mentre attraversavamo la corrente, non ci hanno visto fino a quando non stavamo per andarcene, ed è stato allora che i loro sguardi pesanti e assassini si sono posati su di noi. Alcuni di loro hanno dato un'occhiata al vortice, ma non si sono interessati ad esso, e poi si sono avventati su di noi. Per un istante rimanemmo paralizzati, ma di nuovo ci tornò il coraggio. Puntammo contemporaneamente le pistole e cominciammo a farle esplodere quando i primi giganti erano a meno di quaranta metri.

Nonostante la loro mostruosità erano ancora vulnerabili come tutti gli umani ai proiettili, colpimmo quattro nephilim in faccia e caddero, dopo venticinque colpi gli altri feriti fuggirono vigliaccamente verso il villaggio. In quel momento fui sopraffatto dalla felicità e corremmo verso il vortice prima che si chiudesse. Inoltre, quei bestioni sarebbero arrivati con i loro genitori angelici, sicuramente immuni ai proiettili.

Abbiamo corso più che potevamo e siamo riusciti a raggiungere l'apertura pochi secondi prima che crollasse. Non sapete quanto amore ha ricevuto Monik. Eravamo entrambi felici, estasiati di poter tornare a casa. Quando mi chiese della bambina, le dissi tutta la verità, Monik la accettò dolcemente e mesi dopo riuscimmo ad adottarla come nostra figlia.

All'inizio mi sono pentita di aver fatto quel viaggio infantile, ma ora guardandomi indietro e avendo salvato quelle vite innocenti, e ancora di più ho conosciuto una nuova figlia: la mia piccola Malha, ti amo nello stesso modo in cui amo le mie due figlie di sangue, per me eri e sarai sempre la mia piccola Malha la ragazza che ho portato dal passato.

Qualche mese dopo aver detto al mio amico che avrei nascosto la macchina per sempre, mi disse "che avrebbe cercato di viaggiare indietro negli anni in cui suo padre era ancora vivo". Gli dissi "che c'era poca o nessuna energia". "Mi disse che avrebbe corso il rischio". E così fu, il 3 dicembre 1952 Ancel riuscì a viaggiare indietro fino al 1920, ma quando volevamo riaccenderlo, non si accendeva mai, mai più. Ancel, il mio migliore amico nella vita, era bloccato nel 1920. A volte mi sento in colpa per averlo riesumato dalla Polonia, ma alla fine era quello che voleva e lo rispetto.

La macchina del tempo è stata sepolta da mio padre da qualche parte nella Germania orientale, né io che sono quella bambina portata dal passato, so, ripeto, non so dove si trovi la macchina del tempo.

Ho amato mio padre quanto lui ha amato me, non ricordo molto dei miei anni passati, ma ho ancora gli incubi su quei giganti che hanno ucciso i miei genitori biologici. Io e mia sorella ci siamo fatte coraggio e abbiamo voluto raccontare questa storia, forse molto probabilmente sarà presa come una bugia, ma non importa, mio padre ha sempre voluto che i suoi ricordi fossero raccontati quando è morto, evitando di dare le nostre vere identità per sicurezza, forse in un prossimo futuro potrò mostrarvi gran parte dei documenti che contengono il grande progetto (Zeitwürfel).

L'artificio del tempo è ancora ricercato da una piccola minoranza, creato appositamente per sopravvivere sia che il Führer sia esistito o meno.

Pare che un paio di governi ne siano venuti a conoscenza e abbiano iniziato a cercarla già nel 1960, ma non riusciranno mai a trovarla, perché io e mia sorella abbiamo nascosto i documenti che ne indicavano l'ubicazione, e anche per curiosità non abbiamo aperto la busta che papà ha sigillato prima di morire il 12 marzo 1965.

Siamo consapevoli che, se quest'arma dovesse cadere nelle mani di un governo in carica, sarebbe praticamente la fine di tutto.

Grazie
Henry Goldman

Fin
2020